Un cas per a tu

...i la Penya dels Tigres

Primera edició: juny de 2001
Segona edició: abril de 2002

Direcció literària: Montse Ingla Mas
Edició: Núria Font i Ferré
Traducció: Anna Tortajada i Orriols
Il·lustracions i coberta: Werner Heymann
Disseny de la coberta: Estudi SM

Títol original: *Die Nacht der Ninjas*

Balmes, 245 - 08006 Barcelona
editorial@cruilla.com

Comercialitza: CESMA, SA
Catalunya i Balears: tel. 936 308 400
fax 936 308 750
cruilla.cesma@grupo-sm.com
C. Valenciana: tel. 963 498 087
fax 963 474 836

ISBN: 84-661-0212-4
DL: M-16.391-2002
Imprès a Espanya / *Printed in Spain*
Impremta SM

Thomas Brezina

Un cas per a tu i

LA PENYA DELS TIGRES

La nit dels ninja

Il·lustracions de Werner Heymann

Traducció d'Anna Tortajada

editorial cruïlla

Hola! Som la Penya dels Tigres!

Virgi – Constant com un tigre
Lluc – Llest com un tigre
Pau – Fort com un tigre
__Laura__ - _desperta_ com un tigre
(el teu nom)

Nom: Pau
Edat: 12
El meu fort: abans estava gras, ara sóc musculós. M'entreno cada dia. Hi ha qui diu que no sóc gaire llest. Són ganes de parlar!
El meu problema més gran: a vegades em domina la por! No ho digueu a ningú!
Trobo fantàstic: les pel·lícules d'acció, les coses que fan riure, l'esport, el meu conill Beni.
Tret identificatiu: gairebé sempre porto un xandall.

Nom: Virgi (en realitat, Virgínia)
Edat: 12
El meu fort: col·lecciono tota mena de coses i m'agrada ser jo qui talla el bacallà. A vegades els nois són una miqueta aturats!
El meu problema més gran: sóc molt tossuda i això sovint treu de polleguera els altres!
Trobo fantàstic: la roba xul·la, el gelat d'avellanes, les llaminadures, cuinar, els cavalls.
Tret identificatiu: sempre tinc a mà alguna cosa per picar.

Nom: Lluc
Edat: 11
El meu fort:
tinc deliri pels experiments, els ordinadors i tota mena d'aparells teledirigits. Fins i tot he construït una nevera voladora!

El meu problema més gran: al meu voltant regna sempre el caos més absolut! Sempre estic buscant alguna cosa.
Trobo fantàstic: les hamburgueses, els llibres que tracten de temes interessants (víkings, invents i coses així), la meva agenda ordinador, que he anat retocant fins a convertir-la en una meravella.
Tret identificatiu: no vaig enlloc sense la meva cartera de detectiu.

Ara tu ets un de nosaltres!
Presenta't, sisplau:

Enganxa una fotografia teva

Nom: Laura

Edat: 10

El meu fort: A mi m'agrada dibuixar, fer coses manuals, escoltar música i jugar a l'ordinador.

El meu problema més gran: Soc una mica tímida.

Trobo fantàstic: Les patates, els gelats, la música i la xuxes.

Tret identificatiu: tinc el cabell ple dei metxes roses i de color marro claret.

Ara mateix començarà un nou cas per a tu i per a nosaltres!

MOLT IMPORTANT

Tu també pots participar en la nostra aventura. Al llarg del llibre, trobaràs preguntes que, amb el teu bon olfacte i enginy, podràs contestar.

Les preguntes estan marcades així:

Rumia bé i trobaràs la resposta correcta! A l'agenda ordinador d'en Lluc podràs comprovar si tens raó. Posa-hi el descodificador de la Penya dels Tigres al damunt, i fes-lo girar fins que hi puguis llegir la solució.

El descodificador i tot el que necessitis per al cas ho trobaràs en un sobre especial al final del llibre!

Recorda: Posa't un punt a la fitxa cada vegada que encertis la solució! La fitxa la trobaràs a la pàgina 123.

I ara, vinga, som-hi!

ÍNDEX

Tancat!

—ATENCIÓ, atenció! Últim avís! El Paradís del Comerç tancarà les portes d'aquí a un minut. Preguem als nostres clients que es dirigeixin a la sortida més propera! –se sentia pels altaveus dels passadissos i locals.

En Lluc va anar cap a la gran porta de vidre. Havia trobat una feina que, a banda de fer-li passar una bona estona, li permetia de guanyar alguns diners. Era en una botiga d'ordinadors situada a la primera planta del centre comercial. Hi anava cada tarda i s'havia d'estar un parell d'hores jugant amb els CD-Rom que acabaven de sortir al mercat. Els possibles compradors se'l miraven i així podien saber en què consistia el joc. Aquella tarda, en Lluc s'havia quedat més estona perquè un dels jocs que havia de provar li havia agradat molt i no havia trobat el moment d'interrompre la partida. L'amo de la botiga l'havia convidat a un parell de refrescos i, per això, abans de marxar en Lluc va haver de resoldre un petit problema: havia d'anar a fer un riu.

En Lluc va ficar-se al primer lavabo que va trobar, sense mirar si era el d'homes o el de dones. Va passar corrent per davant de la filera de rentamans, va obrir d'una revolada una de les moltes portes que hi havia i va entrar.

Poc temps després, quan va voler sortir, es va trobar que no podia obrir. Va sacsejar la porta, va intentar fer girar el pom, però no hi va haver manera. Es va posar a suar d'angúnia. Les cabines eren recintes tancats amb les parets d'obra, no com les dels lavabos moderns, on hauria pogut enfilar-se i saltar per damunt de la paret.

Desesperat, va picar amb els punys a la porta per demanar auxili. I, espantat, va veure que les manetes del seu rellotge havien avançat, inexorables. Ja eren les nou i deu. El centre comercial era tancat.

Tothom n'havia marxat. No entraria ningú al lavabo que pogués avisar un empleat del servei de manteniment.

Estava atrapat. Hauria de passar tota la nit en aquella cabina tan estreta. Quina poca gràcia!

Per acabar-ho d'adobar, es van apagar els llums. El sistema d'il·luminació devia estar regulat per un rellotge automàtic.

El Tigre va sospirar, vençut, i es va deixar caure sobre la tapa del vàter.

Què havia de fer?

De sobte es va recordar d'una cosa. Uf! Quin descans! Com és que no hi havia pensat abans? Va regirar la cartera especial que sempre portava i en va treure el telèfon mòbil. El seu pare l'hi havia regalat no feia gaire i en Lluc estava encantat. Va pitjar una tecla i la pantalla es va il·luminar. La seva esperança va quedar frustrada: dins el lavabo no hi havia cobertura. Llavors va veure llum per sota la porta i va sentir dos homes que parlaven, a fora, a la zona dels rentamans. Quan ja era a punt de cridar perquè l'ajudessin a sortir, va adonar-se d'una cosa.

Pregunta per a tu

Què troba estrany en Lluc?

Els ninja entren en acció!

EN LLUC tenia l'orella enganxada a la porta, per sentir què deien aquells homes, i s'aguantava la respiració.

–...ho tens clar? –va preguntar una veu molt greu.

–Tampoc no és tan difícil! –va riure una altra veu.

–On s'ha ficat en Marc?

–Ja sóc aquí! –un tercer home parlava amb una veu aguda i cridanera, com un personatge de dibuixos animats.

–Teniu..., les instruccions del nostre client! –va dir el de la veu de baix.

Llavors tots tres van callar. No es va sentir res durant una estona; només un parell d'esternuts i esbufecs.

–I la disfressa, què representa? –va dir, de sobte, el de la veu de dibuixos animats.

–Tu vesteix-te i no facis preguntes! –va remugar l'altre.

En Lluc va arrugar el front. Va esperar fins que els homes van haver sortit dels lavabos i llavors va tornar a regirar la seva cartera. En una butxaca lateral va trobar la llanterna extraplana que hi duia sempre per a situacions d'emergència. Va engegar-la i va escorcollar la porta, el marc i les parets.

Va tornar a sospirar amb impotència, perquè no va veure cap possibilitat de sortir d'allà dins.

Què es devien proposar aquells homes? Pel que havia sentit, era força evident que res de bo.

Mentrestant, dos vigilants nocturns havien iniciat la ronda. Un d'ells es deia Rodolf i ja era un home gran. De poc no es va morir de l'ensurt quan tres figures fosques van saltar des del primer pis i se li van plantar al davant. Anaven vestides de negre i duien unes caputxes que només deixaven els ulls al descobert. Van adoptar de seguida una posició de lluita i van amenaçar el vigilant nocturn, que es va fer enrere tremolant de por.

–Això..., és ple de càmeres de vídeo que ho filmen tot –va aconseguir dir l'home.

Els guerrers ninja van deixar anar tot de crits mentre repartien cops a tort i a dret amb el cantell de la mà i els peus. A continuació van agafar els carrets del supermercat i els van llançar contra els vidres de les vitrines i els aparadors, que es van fer miques i van quedar escampats pertot arreu.

–Atureu-vos! –els va suplicar en Rodolf, però els ninja no tenien cap intenció de fer-li cas.

Un d'ells va rebentar més vitrines a puntades de peu. Un altre va agafar un bat de beisbol de la secció d'esports i va destrossar tot el que trobava.

–Sisplau, prou! Prou! –cridava el vigilant Rodolf. Duia un aparell de ràdio i hauria

pogut avisar els seus col·legues, però estava tan espantat que no gosava fer-ho.

En Lluc, tancat al lavabo, no tenia ni idea de què passava al centre comercial. Contemplava, desorientat, el contingut de la seva cartera, que havia estès a terra.

Pregunta per a tu

Què ha de fer en Lluc?

La Princesa Histèrica

A LA MATEIXA HORA, la Virgi era a casa la Lluïsa, una companya d'escola. En Pau i en Lluc, els seus amics de la Penya dels Tigres, no aguantaven la Lluïsa. Li deien la Princesa Histèrica perquè mai no estava contenta amb res i sempre escridassava tothom.

Aquesta actitud dels nois molestava molt la Virgi, que considerava un privilegi que la Lluïsa l'hagués triat com a amiga. Les altres noies de la classe estaven geloses de la Virgi, perquè la Lluïsa tenia un televisor i una minicadena a la seva habitació, munts de discos compactes i anava a una perruqueria molt cara.

Aquell vespre la Lluïsa ensenyava la seva roba a la Virgi. En tenia dos armaris grans plens, i tota era de primeríssimes marques.

Els pares de la Lluïsa eren rics i es notava. Vivien en una casa que semblava un palau.

Els poms de les portes eren d'or i a l'habitació de la Lluïsa fins i tot hi havia un espectacular llum d'aranya tot de cristall.

La Virgi, en el fons, tot i que defensava la seva amiga, no es trobava gaire còmoda en aquell entorn. Reconeixia que la Lluïsa es comportava com si fos una princesa i de vegades la tractava a ella com si fos la Ventafocs.

De sobte van sentir tot de crits al saló.

–Us en penedireu! Si no em compreu la moto, no us dirigiré la paraula durant tres setmanes!

La Virgi, que estava asseguda en una luxosa butaca que hi havia als peus del llit de la Lluïsa, va alçar les celles molt sorpresa.

La Lluïsa es va tapar les orelles.

–És la meva germana gran, la Clara –va sospirar en un gest teatral–. Sempre fa aquests numerets.

–Parla amb els teus pares? –va preguntar la Virgi.

La Lluïsa va fer que sí.

–Sempre s'hi baralla perquè són uns garrepes i mai no ens donen prou diners.

–Quèèè? –la Virgi no es podia creure el que sentia–. Si els vostres pares són més que esplèndids; si us compren tot el que voleu!

Però les dues germanes mai no en tenien prou.

S'havia fet fosc. La Virgi es va mirar el rellotge i va dir:

–Ui, me n'he d'anar!

Però la Lluïsa la va empènyer perquè tornés a seure a la butaca. Li va dir que triés alguna cosa per fer plegades. La Virgi es va decidir per sentir un disc que tenia moltes ganes d'escoltar.

Quan eren les nou tocades, la Virgi es va aixecar i va dir:

–Ara sí que no em puc quedar ni un minut més!

–Ets una avorrida! –va rondinar la Lluïsa–. No sé pas si vull continuar sent amiga d'algú tan ensopit.

–Doncs oblida'm! –li va deixar anar la Virgi mentre agafava la jaqueta i anava cap a la porta.

Però la Lluïsa se li va plantar al davant per no deixar-la passar.

–Em sap greu, no et volia fer enfadar! –es va afanyar a dir.

Però la Virgi ja n'estava farta. Començava a pensar que en Pau i en Lluc tenien raó. La Lluïsa era una mica histèrica.

Llavors es va sentir soroll de vidres trencats a l'habitació del costat.

La Lluïsa es va tapar la boca amb les mans i es va posar a tremolar.

–Què ha estat això? –va preguntar la Virgi.

–E… espero que res. Tant de bo no hagi estat res! –va gemegar la Lluïsa.

–Què vols dir? –va preguntar la Virgi, esverada.

–La Clara i jo..., hem rebut trucades en què ens amenaçaven... Ens..., ens deien que ens segrestarien! –li va explicar la Lluïsa amb un fil de veu–. Però..., ens pensàvem que era una broma.

–Vine! –va exclamar la Virgi i va estirar-li la mà.

En aquell precís instant també es va fer miques el vidre de la finestra de l'habitació de la Lluïsa i un corrent d'aire fred les va fer esgarrifar.

La Lluïsa es va quedar mirant com hipnotitzada el jardí, on hi havia tot d'estàtues que a la nit s'il·luminaven. Però aquelles figures de pedra no podien haver trencat els vidres de la finestra. O sí?

Pregunta per a tu

Hi ha algú al jardí?

En Lluc, en perill

EN LLUC va sospirar, alleujat, quan va aconseguir rebentar el pany. Es va precipitar a la sala dels rentamans, que estava il·luminada amb el llum d'emergència, va obrir una aixeta i es va rentar la cara amb aigua freda.

Pensava si aquells homes encara devien ser al centre comercial. Per si de cas, va obrir la porta que donava al passadís amb molt de compte.

De sobte, va sentir crits de lluita, cops i trencadissa de vidres a la planta baixa.

De puntetes, va anar fins a la barana i va donar una ullada cap avall.

Els tres ninja semblaven bojos de ràbia i deixaven un rastre de destrucció per allà on passaven. El vigilant estava assegut a terra, arrupit en un racó.

En Lluc va mirar desesperat al seu voltant buscant un telèfon públic.

Calia avisar de seguida la policia. Però llavors, un dels ninja el va veure i va avisar els seus companys.

–Què hi fa, aquest, aquí? –va preguntar el de la veu fosca, i va fer un gest als seus companys, perquè atrapessin el noi.

En Lluc estava mort de por. Les cames li feien figa, el cor li bategava com un boig i li semblava que li faltava l'aire.

Dos ninja van començar a córrer amunt per les escales mecàniques, que estaven aturades. Havia de fugir! On era la sortida d'emergència?

–El liquidem? –va preguntar el de la veu de dibuixos animats.

–Deixa-me'l a mi! –va remugar el de la veu greu.

Els ninja havien arribat dalt de tot de l'escala mecànica i es preparaven per atacar.

Era massa tard per fugir.

–Alto! –va cridar una veu amb fermesa.

Rere els dos ninja havia aparegut el segon vigilant, que tot i que tremolava una mica, els apuntava, decidit, amb una pistola.

Els ninja van aturar-se, sorpresos.

–Però si ens havien dit que aquí ningú no duia armes! –va exclamar el de la veu de dibuixos animats.

–Toquem el dos! –va cridar des de baix el tercer ninja.

El que va passar a continuació en Lluc només ho havia vist a les pel·lícules. Els dos guerrers van saltar per damunt de la barana i van aterrar, com si res, al costat del seu company. Van desaparèixer en un tres i no res.

En Lluc es va haver de recolzar a la paret perquè no s'aguantava dret.

El vigilant va avisar la policia per ràdio. El seu company va pujar per reunir-se amb ell, se'l veia amoïnat.

–Segur que em faran fora! –es va lamentar.

JOGUINES

En Lluc es va fregar la cara amb les mans. Acabava de descobrir una cosa i s'alegrava que els ninja no se n'haguessin adonat.

Pregunta per a tu

De què no s'han adonat els ninja?

El segrest

DUES PERSONES vestides de negre, sense fer gens de soroll, van sortir d'entre les estàtues del jardí de casa la Lluïsa. Van agafar embranzida en silenci i van saltar per les finestres que tenien els vidres trencats.

Eren ninja.

El ninja que va aterrar a l'habitació de la Lluïsa va emmordassar la noia, li va lligar les mans i se la va carregar a l'espatlla. Abans que la Virgi pogués reaccionar i cridar, el segrestador ja havia tornat a desaparèixer pel jardí.

La Virgi es va precipitar cap a la finestra i va veure un segon ninja que s'enduia una noia una mica més gran. Devia ser la Clara.

–Au... Auxili! –va aconseguir cridar per fi la Virgi.

Després va sortir al passadís i va intentar recordar on quedava la sala.

Els pares de les noies miraven la tele i no havien sentit el soroll dels vidres trencats.

–Acaben de segrestar les seves filles! –va dir-los la Virgi, molt excitada.

La mare de la Lluïsa va pitjar la tecla del comandament a distància per treure el so i va somriure a la Virgi.

–Què és això? Un joc nou que us heu inventat?

–No, no és cap joc! Vinguin! –va respondre la noia, molt nerviosa.

El pare de les noies, un home gras que portava un jersei vell d'estar per casa, es va aixecar esbufegant i va seguir la Virgi. Quan va veure les finestres rebentades, va avisar de seguida la policia.

La Virgi es va quedar sola, tremolant, a l'habitació de la Lluïsa, on feia tant fred com al carrer. El terra era ple de fragments de vidre. La Virgi es va fixar en un dels trossos i es va espantar.

Pregunta per a tu

Per què s'ha espantat la Virgi?

Una ombra en la foscor

NO GAIRE LLUNY, amagat rere un arbre, hi havia algú que no perdia de vista ni la casa ni el jardí. Aquella ombra fosca tremolava de fred i es va cordar bé la jaqueta. La Virgi, quan sortís d'aquella casa, tindria una sorpresa.

Però no va ser la Virgi qui va aparèixer, sinó dos personatges vestits de negre i amb les cares cobertes amb unes caputxes que només els deixaven veure els ulls.

L'ombra amagada rere l'arbre es va esgarrifar, perquè cada un d'aquells homes, que anaven guarnits com guerrers ninja, duia una persona carregada com un sac a l'espatlla. Un dels ninja va fer un senyal amb una llanterna, que va llançar dues ràfegues curtes de llum. La resposta al senyal va ser immediata: es va sentir un motor i una camioneta grisa va sortir d'un carrer lateral. El vehicle es va acostar als ninja a gran velocitat i va frenar en sec.

Els ninja van obrir la porta del darrere i hi van deixar les dues noies.

Què era tot allò? Pensava l'ombra de darrere l'arbre.

Els ninja es van enfilar d'un salt a la camioneta i van tancar la porta. El vehicle es va posar en marxa.

Durant un moment, el conductor va badar i es va desviar a la dreta, acostant-se a l'arbre on s'amagava l'ombra. Els fars de la camioneta van il·luminar unes vambes, uns texans i una jaqueta grisa amb caputxa.

Era en Pau, que volia fer una broma a la Virgi.

El conductor va frenar en sec. En Pau no el podia veure perquè els fars l'enlluernaven. De la frenada, les dues noies van picar contra la paret de la furgoneta i van fer un crit.

«Val més que toqui el dos», es va dir en Pau. Però les cames no l'obeïen.

El conductor va picar amb el puny a la xapa que el separava de la part del darrere de la camioneta.

–Ep, darrere d'aquell arbre hi ha algú que ens ha vist! –va cridar tan fort que fins i tot el Tigre el va sentir.

En Pau va recuperar el control de les cames i va poder fer un parell de passes.

La porta de la camioneta es va obrir de cop i els ninja van saltar fora. En Pau se'ls va quedar mirant com un conill davant una serp verinosa.

Els ninja se li van llançar al damunt, un li va tapar la boca amb la mà, l'altre el va agafar pels canells amb una força increïble. Entre tots dos el van arrossegar fins a la camioneta i el van empènyer a dins, sense contemplacions.

–No diguis ni piu si no vols acabar com les noies! –el va amenaçar un d'ells.

En Pau va caure a terra i es va quedar amb la cara encastada contra el fred metall. Llavors la porta de la camioneta es va tancar i el vehicle es va posar en marxa. En Pau hauria volgut saber un munt de coses. On el durien? Qui eren aquells ninja? Qui devien ser les dues noies que jeien al fons de la camioneta? I, sobretot, es preguntava si els Tigres trobarien la pista que havia aconseguit deixar-los com a senyal d'auxili.

Tampoc no es feia grans il·lusions. Els seus amics no es podien ni imaginar que havia volgut clavar un ensurt a la Virgi quan sortís

de casa la Lluïsa, per tant la possibilitat que els Tigres trobessin la seva pista i el rescatessin era gairebé inexistent.

Quin desastre! La situació era realment complicada.

Pregunta per a tu

Quina pista ha deixat en Pau?

Un rescat molt alt

UN COTXE DE POLICIA va acompanyar en Lluc a casa. Els seus pares es van espantar molt quan van veure el llum blau intermitent i encara més quan el seu fill va sortir del cotxe patrulla acompanyat d'un agent.

–Per l'amor de Déu, què ha passat? –va preguntar la mare.

–El seu fill s'ha quedat tancat al Paradís del Comerç i ha estat testimoni d'un atracament espectacular! –li va explicar el policia.

El seu company el va cridar del cotxe estant:

–Lluís, afanya't! Tenim un altre avís! Els ninja han tornat a actuar. Aquest cop en un multicine.

L'agent de policia es va tocar la gorra per acomiadar-se i es va afanyar a pujar al cotxe que va arrencar i es va allunyar a tota velocitat amb la sirena i tots els llums encesos.

–Vaig a trucar ara mateix a la Virgi i en Pau! –va dir en Lluc, que encara tenia l'ensurt ficat al cos.

En Pau no hi era i la seva mare es va esverar molt en saber que no era amb els seus amics Tigres.

–Només m'ha dit que no seria fora gaire estona! –li va explicar a en Lluc–. Però d'això ja fa dues hores. De veritat no saps on deu ser?

Per més que va rumiar, en Lluc no va saber què dir, no tenia ni idea d'on s'havia pogut ficar en Pau a aquelles hores de la nit.

–No pateixi, ja veurà com no li ha passat res –va dir per mirar de tranquil·litzar la mare del seu amic.

–Si està embolicat en algun cas d'aquests on sempre us enredeu, li prohibiré que continuï formant part de la Penya dels Tigres! –va fer la dona.

En Lluc es va acomiadar de pressa i va penjar. Llavors va trucar a la Virgi i també va haver de parlar amb la mare de la noia. Però almenys la Virgi havia trucat a la seva mare des de casa la Lluïsa i l'havia informada del segrest de les noies. També li havia dit que s'hauria de quedar una estona al lloc dels fets i que la policia ja l'acompanyaria a casa.

–He de sortir un moment, però torno de seguida –va dir en Lluc als seus pares. I abans que ells poguessin negar-s'hi, ja era al carrer. Va agafar la bicicleta del garatge i se'n va anar a casa la Lluïsa.

Davant la mansió de luxe hi havia tot de cotxes de policia. El jardí estava força il·luminat i els agents escorcollaven tots els racons amb gossos.

–Lluc! –el Tigre va sentir que el cridava la Virgi. La noia se li va acostar corrent, estava blanca com el paper i les mans li tremolaven.

–Els segrestadors... acaben de trucar –li va explicar la Virgi respirant amb dificultat–. Volen que sigui jo qui parli amb ells.

–Com és això? –va preguntar en Lluc, meravellat.

La Virgi va arronsar les espatlles.

–No ho sé. Eren uns ninja i semblaven perillosos.

En Lluc es va treure les ulleres i se les va netejar amb la punta de la camisa.

–Ninja... Com al centre comercial!

–Virgi, corre! Al telèfon! –va cridar algú des de la porta.

La Virgi va arrencar a córrer i en Lluc la va seguir. Un agent de policia el va aturar i li va impedir entrar a la casa, però la Virgi va dir:

–És el meu millor amic. Vull que vingui amb mi.

L'agent el va deixar passar.

A la sala, el pare de la Lluïsa no apartava

els ulls del telèfon, que sonava. La seva dona seia encongida en un racó del sofà. Els llavis li tremolaven.

Un altre agent de policia va allargar l'auricular a la Virgi. La noia va pitjar la tecla per poder parlar i va dir amb veu insegura:

–Sóc la Virgi.

Després d'un breu silenci, una veu distorsionada li va transmetre el missatge dels segrestadors.

–Volem un milió d'euros en monedes d'or. D'aquí a una hora us direm el lloc on les haureu d'entregar –i va penjar.

En Lluc va veure una gravadora que enregistrava la trucada. Al costat hi havia un altre aparell que imprimia un gràfic gris ple de punxes en una tira de paper continu.

–Massa breu! Sisplau, la pròxima vegada mira d'allargar la conversa amb

aquest individu. Fes-li preguntes! –va dir a la Virgi un policia vestit de carrer que duia un mòbil enganxat a l'orella–. Fes com si no ho haguessis entès tot prou bé. Necessitem que la trucada duri quinze segons com a mínim.

La Virgi va mirar intrigada en Lluc. Què volia dir tot allò?

Pregunta per a tu

Per què la trucada ha de durar quinze segons com a mínim?

El refugi atòmic!

EL VIATGE en camioneta no va ser gaire llarg. Ningú no va parlar. En Pau va estar tota l'estona de bocaterrosa. Un dels ninja li premia l'esquena fort amb el braç perquè no es mogués.

Encara que el cor li bategava amb força i estava mort de por, el Tigre va tenir el cap prou clar per fixar-se en alguns detalls del recorregut.

El vehicle havia girat un parell de cops i després havia fet un gran revolt, com si agafés l'accés a una autopista. Al cap d'uns tres minuts, n'havia tornat a sortir. Durant una estona havia avançat per una carretera comarcal on el conductor havia agafat un trencall i s'havia desviat per un camí sense asfaltar. Poc temps després havien fet tot de revolts muntanya amunt i havien continuat per un camí ple de sotracs.

Per fi la camioneta es va aturar.

Els ninja van xiuxiuejar entre ells.

–Les noies que baixin! –va ordenar un d'ells mentre obria la porta de la camioneta.

La Lluïsa i la Clara es van arrossegar cap a la porta.

El ninja que tenia agafat en Pau pel braç es va quedar amb ell. L'altre es va ocupar de les noies.

En Pau es va posar a tremolar, perquè per la porta oberta entrava un aire glaçat.

–Què hi feies, allà darrere l'arbre? –li va preguntar el ninja.

Fora del vehicle se sentien tot de veus.

–El que vull és cobrar ara mateix! –deia una veu aguda.

–El cap ens dirà on i quan! –va replicar un altre.

–Què hem de fer amb aquest? –va preguntar en veu baixa el ninja que tenia agafat en Pau.

Unes mans fortes van agafar el Tigre i el van posar dret. El noi es va trobar, cara a cara, amb un rostre tapat amb una caputxa negra que tenia dos forats per als ulls.

–Què has vist? –li va preguntar una veu autoritària.

–He vist que... han..., han segrestat les noies –va aconseguir dir en Pau.

–I què més?

–Què més de què?

El Tigre havia vist alguna cosa més. Una cosa que li costava de creure, però no va dir res.

Si els ninja ho sabessin segur que no el deixarien marxar mai.

–Fica'l al refugi atòmic. El cap ja decidirà què n'hem de fer! –va ordenar el ninja.

Van tornar a empènyer en Pau contra el terra fred i metàl·lic de la camioneta.

El ninja va picar amb el puny a la xapa

de separació de la cabina del conductor i li va ordenar:

–De pressa, cap al refugi atòmic!

Abans no es tanqués la porta, en Pau va poder donar una ullada a l'exterior de la camioneta.

Pregunta per a tu

Quanta gent i quants vehicles hi ha davant la camioneta?

La caixa forta del soterrani

ELS PARES de la Lluïsa seien plegats al sofà de casa seva i s'havien agafat les mans.

L'home de la policia secreta que havia indicat a la Virgi que procurés entretenir els segrestadors al telèfon era dret al seu davant. Es deia Nadal, Narcís Nadal.

–Tenen cap sospita sobre qui poden ser els segrestadors? –els preguntava en aquell moment.

Tots dos van fer que no amb el cap.

–No. No. Mai no ens hauríem pogut imaginar que ens passés una cosa així! –va murmurar el pare.

–Que no els facin res, a les nenes! –va dir la dona sense alçar la veu i eixugant-se els ulls.

–Pagarem el que ens demanin –va dir l'home–. Tinc una gran col·lecció de monedes d'or que guardo a la caixa forta del soterrani. Estan valorades en més d'un milió d'euros.

–Encara que pagui el rescat, no tenim cap garantia que els segrestadors deixin anar les seves filles! –el va avisar l'inspector Nadal.

La mare es va posar a sanglotar i es va tapar la boca amb el mocador. El marit va indicar a l'inspector que no parlés amb tanta cruesa davant la seva dona.

Llavors va entrar al saló un policia amb un gos. Havien trobat una vamba.

–L'ha trobat el gos! –va dir l'home.

La Virgi i en Lluc es van mirar. Semblava impossible, però aquella vamba era la d'en Pau!

En Lluc se la va mirar de prop i va fer un xiulet. La Virgi va fer que sí amb el cap. En Pau tenia per costum marcar les seves inicials amb bolígraf en un costat de la sola. La vamba que el gos havia trobat duia les inicials d'en Pau.

–Era al carrer, prop d'un arbre –va explicar el policia del gos.

–Què hi devia fer en Pau, allà? –va murmurar la Virgi.

–Segur que et volia espantar. Ens havíem proposat fer-te la guitza des que et vam veure tan enlluernada amb la Lluïsa.

–Però on és l'altra sabata? I on és en Pau? –va xiuxiuejar la Virgi.

En Lluc va arronsar les espatlles.

–Inspector Nadal... Nosaltres sabem de qui és aquesta sabata! –va anunciar en Lluc.

L'inspector es va girar cap a ell, però en aquell mateix moment un dels seus col·legues el va cridar.

–Han trencat els vidres amb projectils de goma –va explicar un home de l'equip de recollida de proves i empremtes.

La Virgi es va recordar de la bala que havia vist incrustada en un fragment de vidre.

El jardí estava il·luminat per tot de focus i era fantasmagòric. Les estàtues gregues semblaven fantasmes entre els quals es passejaven els policies amb els seus gossos.

De sobte, la Virgi va assenyalar cap enfora.

–Miri! Potser fins i tot podran veure els segrestadors!

L'inspector Nadal va arrugar el front.

–De què parles, nena?

Pregunta per a tu

Com podran veure els segrestadors?

Foscor absoluta

QUAN, al cap de poca estona, la camioneta es va aturar, en Pau estava mort de por. Què devia ser allò del refugi atòmic?

El ninja el va agafar amb males maneres pel coll de la jaqueta i el va arrossegar fora. Abans que en Pau pogués donar una ullada al seu voltant, l'home li va tapar els ulls amb la mà.

–Obre! –va ordenar el ninja al conductor, que també havia baixat del vehicle.

Algú va manipular uns quants panys, que es van anar obrint, l'un rere l'altre.

–Hi ha alguna cosa aquí dins que no convé que el noi vegi? –va preguntar el ninja.

En Pau va sentir que el conductor baixava un parell de graons i el soroll que feia en regirar alguna cosa.

–Ja ho he tret tot! –va dir quan va tornar a pujar.

D'una empenta, el ninja va obligar en Pau a passar per la porta que havien obert. El terra li va desaparèixer sota els peus i el Tigre va caure escales avall. Quan va alçar el cap la porta es tancava, i de seguida va sentir passar els panys. Dins el refugi atòmic hi havia una foscor absoluta.

El Tigre es va alçar, gemegant, i es va fregar les parts del cos on s'havia fet mal en caure.

–Quina gent més bèstia! –va rondinar.

A més de la foscor, allà dins hi feia un fred terrible.

En Pau es va posar dret. No pensava quedar-se assegut damunt d'aquell terra que semblava una placa de gel.

Es va treure un caramel de llimona de la butxaca de la jaqueta i se'l va ficar a la boca.

Allò el va calmar una mica. Per sort duia una bona reserva de caramels al damunt.

Després va agafar la llanterna clauer, que sempre portava penjada als pantalons, per veure com era aquell lloc on l'havien tancat. La llanterna tenia la mida d'un dit petit, però feia força llum. Aquell dia, però, no hi va haver manera de fer-la anar. Ostres! En Pau es va recordar que se li havia acabat la pila i no n'havia posat una de nova. S'hauria de fiar de les seves mans.

Va anar palpant el que tenia al seu voltant. La primera cosa que va trobar va ser una barra de ferro, freda i arrodonida. Potser formava part d'una reixa.

Què devia ser? Una gàbia? Tot i que no se sentia cap olor, ni cap remor, en Pau tenia la sensació d'estar tancat en aquell refugi atòmic amb alguna bèstia. Una bèstia ficada dins la gàbia que tenia al davant. O potser anava errat?

Pregunta per a tu

A tu, què et sembla?

Consell de la Penya dels Tigres

Amb el descodificador pots il·luminar algun racó.

L'entrega del rescat

L'OBSERVACIÓ de la Virgi era correcta, però no els va ser de cap utilitat. El pare de la Lluïsa els va explicar per què.

–Sí, sí, els aparells del jardí semblen ben bé càmeres de vigilància. Un expert en seguretat em va aconsellar que les fes instal·lar. Però són simulades. No funcionen.

En Lluc i la Virgi van sospirar, decebuts. Segur que les imatges haurien aportat dades importants.

L'inspector Nadal parlava pel seu mòbil. Quan va acabar, va moure el cap desorientat.

–Em fa l'efecte que es tracta d'una acció de molt abast i molt ben preparada. Els ninja han actuat en set llocs diferents de la ciutat, han ferit gent i han robat tot el que han volgut. I no han deixat cap rastre, enlloc. És com si la terra els hagués engolit.

–Em temo..., que també..., també han segrestat el nostre amic Pau –va quequejar la Virgi. Havia estat pensant i, esglaiada, havia arribat a aquella conclusió.

L'inspector Nadal va alçar les celles. Potser la noia tenia raó.

Llavors va sonar el telèfon i el van passar a la Virgi. La noia es va donar a conèixer i a continuació va fer una indicació a l'inspector. A l'altre extrem de la línia hi tornava a haver la persona que parlava a través d'un distorsionador de veu.

–L'entrega del rescat es durà a terme al pont, d'aquí a una hora. Vindràs sola. Si veig cap policia les nenes no tornaran mai a casa.

La comunicació es va tallar.

L'inspector Nadal va rebre una trucada al seu mòbil. Va escoltar uns quants segons i després va deixar anar un renec.

–Eren els companys que han punxat la línia per poder localitzar la trucada dels segrestadors. La persona que truca és un professional. Cada vegada ho fa des d'un barri diferent de la ciutat i controla perfectament la durada de cada trucada. Si hagués trigat un o dos segons més a penjar, l'hauríem pogut localitzar.

La Virgi s'havia deixat caure en una butaca.

–I..., jo he de ser qui entregui el rescat –va quequejar mentre mirava a en Lluc per demanar-li auxili.

–No et passarà res, la policia et protegirà! –la va tranquil·litzar en Lluc.

L'inspector Nadal va fer que sí.

–Exacte. Això és el que farem. I pensa que quan es fa l'entrega d'un rescat, només una de cada tres vegades s'acaba malament.

La Virgi va fer una ganyota.

–Fantàstic! I si em toca a mi?

L'inspector Nadal hi tenia la mà trencada, a espantar el personal.

El pare de la Lluïsa i la Clara va tornar del soterrani amb dos agents de policia. Tots tres anaven carregats amb uns tubs transparents de plàstic plens de monedes d'or.

–Posin les monedes aquí dins! –va dir l'inspector Nadal i els va allargar un maletí.

–Escolti'm bé, inspector, vull recuperar les meves filles vives! –va aclarir el pare de les noies amb la veu plorosa–. Per tant, exigeixo que les monedes d'or s'entreguin als segrestadors i no vull que vostè o els seus homes emprenguin cap acció contra ells abans que la Clara i la Lluïsa siguin a casa.

–D'acord –va dir l'inspector Nadal.

–No posi en perill l'intercanvi de cap de les maneres! –va suplicar l'home, amoïnat.

–No pateixi, no pateixi! –li va prometre l'inspector.

En Lluc es va fregar la barbeta, pensatiu. Els amagava alguna cosa, el senyor Nadal?

Pregunta per a tu

Què no els ha dit en Nadal?

Una feineta per a en Pau

EN PAU havia esbrinat alguna cosa sobre el lloc on es trobava: no hi havia cap bèstia tancada, els barrots eren del capçal d'un llit antic de bronze. A les palpentes, també havia localitzat una nevera, una cuina elèctrica amb dos fogons, una mena de lavabo, una pica i un prestatge.

En aquella sala hi regnava un ambient opressiu, potser degut a la porta massissa de metall que no deixava passar cap soroll procedent de l'exterior. En Pau només sentia la seva pròpia respiració i el batec de la seva sang.

De sobte, la porta es va obrir. En Pau va mirar d'agafar algun objecte contundent per si s'havia de defensar, però no va trobar res a mà.

Una llanterna potent li va il·luminar la cara i el va enlluernar, de manera que no va poder veure qui venia.

–Va, surt d'aquí! Tenim una feineta per a tu –li va ordenar una veu amb brusquedat–. I no intentis cap truc. Tenim dos ostatges que ho podrien passar força malament si no et portes bé.

En Pau va fer un parell de passes cap a la porta, sense precipitar-se. Unes mans fortes el van agafar i el van arrossegar a fora. Era de nit. Algú li va tapar els ulls i el va empènyer altre cop dins la camioneta. Abans que es tanqués la porta, la veu li va dir:

–Escolta'm bé: ara et trobaràs amb algú que et coneix. Fes com si haguéssiu quedat i comporta't amb naturalitat. Sense cridar l'atenció. Ho has entès?

En Pau va fer que sí, sense dir res.

–Et donaran una bossa o alguna cosa semblant i tu ens l'hauràs de portar. Si fas algun moviment en fals, tots dos podeu acabar malament.

En Pau no es podia imaginar qui devia ser la persona amb qui s'havia de trobar, fins que de sobte ho va veure clar: només podia ser la Virgi! Ella era a casa la Lluïsa en el moment en què s'havia produït el segrest!

La porta del vehicle es va tancar. El Tigre es va destapar els ulls i va sospirar. Havia de trobar la manera de comunicar-se amb la Virgi, d'indicar-li el lloc on els ninja l'havien dut, així, si els segrestadors no el deixaven lliure, la policia podria seguir el seu rastre fins al refugi atòmic.

Però, com s'ho faria? Com podria descriure a la Virgi el recorregut sense que ningú se n'adonés? Posar-se a xiuxiuejar era impensable, trigaria massa estona. Se les hauria d'empescar per passar-li un missatge, però com?

El vehicle va fer pràcticament el mateix trajecte que a l'anada. Quan es va aturar, en Pau ja estava més animat. Havia aconseguit preparar un missatge per a la Virgi i ni l'observador més expert no s'adonaria que l'hi donava.

La porta de la camioneta es va obrir i la claror d'aquella llanterna tan potent el va tornar a enlluernar.

–Qui t'ha dit que et poguessis destapar els ulls? –el va renyar una veu.

En Pau no va dir res.

–T'esperarem aquí, però no tornis directament. Corre fent ziga-zagues. Entesos?

–Sí! –va contestar en Pau.

–Escolta'm bé, un de nosaltres vigilarà de

prop tota l'acció. Si intentes enredar-nos, t'asseguro que tu i la teva amiga us en penedireu, i molt!

–Faré tot el que em diguin –va prometre en Pau–. Però sisplau, després deixin-me lliure.

–Tot dependrà de com facis la teva feina! –va dir la veu.

Com podrà entregar un missatge a la Virgi, en Pau?

L'entrega

EN UN CARRER, abans d'arribar al pont on s'havia de fer l'entrega del rescat, hi havia aparcada una camioneta amb un rètol que deia: Soler i Fills – Forners. Ningú no podia sospitar que dins del vehicle hi havia una petita central del servei secret. En Lluc havia insistit tant que al final havia aconseguit que l'autoritzessin a anar-hi. Estava assegut damunt d'una caixa amb les cames arronsades i observava tot el que passava.

En una pantalla va veure el cotxe del pare de la Lluïsa que anava cap al pont. Era un cotxe esportiu caríssim i molt potent.

–On és la càmera? –va preguntar en Lluc.

–No n'has de fer res! –li va etzibar l'inspector Nadal.

El seu ajudant era una mica més simpàtic.

–L'hem posada en un pis que té una bona vista sobre el pont.

La Virgi va baixar del cotxe i va agafar el maletí amb totes dues mans. Tot i així, amb prou feines el podia dur. Les monedes d'or pesaven una barbaritat. Tal com els segrestadors havien exigit en una darrera trucada, el pare de les noies es va allunyar amb el cotxe.

El rellotge d'una torre va tocar les onze. A aquelles hores, no hi havia ni una ànima al pont. Ni tan sols hi passava cap cotxe.

Un vent fred de tardor va bufar per damunt del riu i va esbullar-li els cabells a la Virgi. Amb passes lentes i insegures, la noia es va posar a caminar. El pes del maletí li feia adoptar una postura estranya.

Els segrestadors havien dit que caminés fins a rebre una altra ordre.

La imatge de la càmera de vídeo es desdibuixava. Entre fanal i fanal, quan passava per les zones més fosques del pont, la Virgi es convertia en una ombra.

A l'altre extrem del pont va aparèixer en Pau. La Virgi va tenir un ensurt. En Lluc, dins del vehicle de vigilància, també va fer un crit de sorpresa.

–Hola –va dir en Pau sense entusiasme.

–A tu també t'han agafat, oi? –li va preguntar la Virgi.

En Pau estava convençut que els ninja els espiaven des d'algun lloc i observaven com es duia a terme l'entrega del rescat. Per això només va fer un somriure inexpressiu i va dir:

–M'alegro de veure't. Vols un caramel?

–Quèèè? –la Virgi no entenia res.

En Pau es va treure un grapat de caramels de la butxaca i els va allargar a la seva amiga. Dissimuladament en va assenyalar un de concret.

La Virgi el va agafar i el va desembolicar. Se'l va ficar a la boca i va llançar el paper a terra.

En Pau va tancar els ulls decebut. El seu pla per passar el missatge a la Virgi acabava de fracassar.

–Dóna'm això! –va dir llavors amb males maneres mentre li prenia de les mans el maletí amb l'emissor de senyals. Després li va fer adéu i se'n va anar.

La Virgi se'l va quedar mirant desconcertada. Per què de sobte en Pau tenia tanta pressa?

A la camioneta de vigilància també hi havia una pantalla d'ordinador que en aquells moments mostrava el plànol de la ciutat. Un punt lluminós s'hi movia a poc a poc.

–L'emissor del maletí ens envia el senyal. Així podem seguir el rastre dels segrestadors! –va dir l'inspector Nadal mentre es fregava les mans tot satisfet–. Es veu que han encarregat al teu amiguet que ens despisti, però no se'n sortirà. Potser si algú el seguís a peu pels carrers ho aconseguiria, però per més que es passegi, l'emissor continuarà emetent senyals.

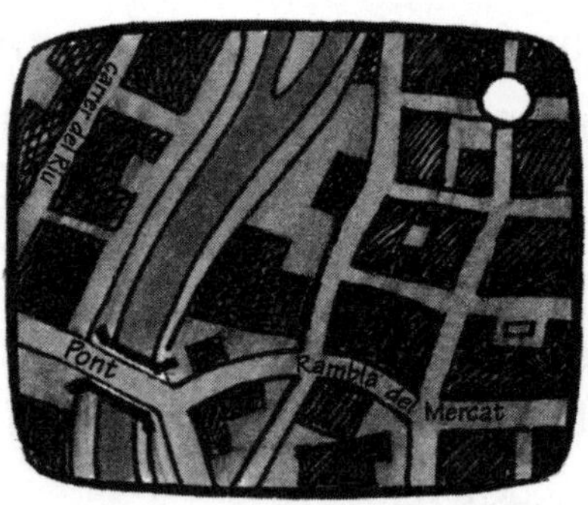

El punt lluminós es va aturar.

L'ajudant de l'inspector es va acostar a la pantalla per poder llegir el nom del carrer, però sense voler, va tocar alguna cosa i el plànol va desaparèixer de la pantalla. Només es veia el punt lluminós.

–Gamarús! Què has fet? –va cridar l'inspector Nadal.

L'ajudant es va posar a teclejar ordres a l'ordinador per tal de recuperar el plànol a la pantalla, però estava tan atabalat que només va aconseguir que el punt també desaparegués. L'inspector no parava d'escridassar-lo i insultar-lo i això encara el feia posar més nerviós.

Per fi va aconseguir restablir la imatge i localitzar el punt, que de sobte es va començar a moure, primer molt de pressa i després molt a poc a poc, fent pampallugues.

–I ara què passa? –va dir, sorprès, l'ajudant de l'inspector.

Pregunta per a tu

Què ha passat?

El truc de la porta

ELS NINJA no havien tingut en cap moment la intenció de deixar en Pau en llibertat. Un d'ells havia esperat el Tigre en un carreró fosc i l'havia fet entrar en un portal. Allà l'havien obligat a repartir les monedes d'or en tres bosses i un altre ninja havia agafat el maletí buit, s'havia acostat al riu i l'havia llançat a l'aigua.

En Pau tornava a estar ajagut a la part del darrere de la camioneta que el portava al refugi atòmic.

El noi havia perdut les esperances i el coratge. La Virgi no havia vist el seu missatge i l'havia llançat a terra, cosa no gens habitual en ella. La por i els nervis la devien haver trasbalsat.

Sentia parlar dos homes rere la paret de xapa que el separava de la cabina del conductor.

–El cap ha ordenat que tornem a tancar el noi al refugi atòmic –va dir un.

–I quant de temps l'hi haurem de tenir? –va preguntar l'altre.

Com que el seu company no contestava, va canviar de tema.

–Tu saps per què serveix un refugi així?

–Està pensat per si es produeix una gran catàstrofe com ara una explosió nuclear o un atac amb armes biològiques! –li va explicar l'altre–. Dins del refugi atòmic poden sobreviure ben bé deu persones durant sis mesos.

En Pau es va esverar. Pensaven tenir-lo tancat durant mesos en aquell lloc. Es moriria de gana!

–Llavors la porta s'ha de poder obrir des de dintre –va dir un dels homes.

–Sí, el cap em va explicar el truc: s'ha de teclejar exactament la temperatura que faci a la sala. Però això només ho sap ell. Es veu que a vegades hi porta gent que s'hi entrenen per a un cas d'emergència i s'han de quedar tancats al refugi atòmic durant un parell de dies. A la majoria els agafa un atac de pànic al cap de poques hores, perquè no saben com sortir-ne.

El conductor de la camioneta va agafar un revolt tancat i en Pau va anar a espetegar lluny de la paret de la cabina. Bé, almenys ara tenia més informació que abans. A més, a la butxaca dels pantalons duia una cosa que de sobte li va semblar molt útil: el pare d'en Lluc els havia regalat unes targetes termòmetre que una empresa feia servir com a propaganda. En Lluc havia repartit les targetes entre els seus amics a l'hora de l'esbarjo. Per això en Pau encara la duia al damunt.

La camioneta es va aturar i el motor es va apagar. El Tigre va esperar amb paciència que els ninja l'anessin a buscar. Sabia que no tenia sentit oposar resistència. Algú s'havia ocupat de posar en funcionament la calefacció del refugi atòmic. Fins i tot hi havia un llum encès i el prestatge era ple de llaunes.

Eren per a ell? O per a la Clara i la Lluïsa? On devien tenir tancades les noies?

Una empenta va fer entrar en Pau altre cop a la seva presó. Rere ell va sentir renegar una veu d'home que encara no coneixia.

–Per què heu tornat a portar el noi? Què voleu que en fem, ara?

La porta de ferro es va tancar de cop.

En Pau es va afanyar a treure's de la butxaca el termòmetre. Però el llum es va apagar abans que ell pogués acostar-se'l per llegir la temperatura. Tornava a estar completament a les fosques.

Al cap d'un moment, però, en Pau va somriure.

Pregunta per a tu

Per què somriu en Pau?

Sense esperança

L'INSPECTOR NADAL i el seu ajudant van sortir de la central de vigilància camuflada esbufegant. Els segrestadors els havien enredat. S'havien apoderat de les monedes d'or i no havien deixat anar ni les noies ni en Pau. I el lloc on s'amagaven continuava sent un misteri.

La Virgi era dreta al pont, pàl·lida i tremolosa. En Lluc se li va acostar i li va passar el braç per damunt les espatlles.

–Com és que de sobte en Pau s'ha comportat d'una manera tan estranya? –va preguntar la Virgi, amb un fil de veu.

–Devia estar espantat, com nosaltres! –va dir en Lluc.

–Creus que els segrestadors li faran res?

En Lluc va arronsar les espatlles.

–Espero que no. Segur que aviat el deixaran anar, i la Lluïsa i la Clara també.

El senyor Nadal es va acostar als Tigres.

–L'operació ha anat malament! –els va anunciar, preocupat.

La Virgi es va indignar.

–Vostè no ha sabut fer la seva feina! Si li passa res a en Pau serà culpa seva!

L'home de la policia secreta estava molt abatut.

–Veniu, us acompanyarem a casa –els va dir.

La Virgi va fer una passa i va notar que tenia alguna cosa enganxada a la sola de la sabata. Es va ajupir i es va arrencar el paper del caramel de llimona. S'havia quedat enganxat a les restes d'un xiclet.

I el que va veure la va fer saltar d'alegria: un missatge! En Pau l'havia escrit amb el minillapis que sempre portava a la butxaca.

La Virgi va donar un cop de colze a en Lluc i li va ensenyar el paperet. En Lluc hi va donar una ullada i va exclamar:

–És la descripció del camí fins al lloc on tenen tancat en Pau.

ROCA D'EN CESC
Camí del Bosc
Autopista
Un parell de carrers - accés a l'autopista - sortida al cap de 3 minuts - carretera comarcal - camí amb sotracs - revolts durant un bon tros. STOP. Refugi atòmic!

Primer, l'inspector Nadal no se'ls volia creure.

–Té un plànol de la ciutat i la rodalia a l'ordinador? –va preguntar en Lluc.

L'ajudant va fer que sí.

–Tenim el mapa de tot el país.

–Amb el de la ciutat n'hi haurà prou –va replicar el Tigre.

Poc temps després, ell, la Virgi i els dos policies eren davant la pantalla de l'ordinador. A partir de la descripció que en Pau havia fet del recorregut intentaven trobar el camí sobre un plànol on havien senyalat com a punt de partida la casa de la Lluïsa.

On és el refugi atòmic?

Un número de telèfon sospitós

—FARÉ que us acompanyin a casa ara mateix. Nosaltres ens ocuparem del vostre amic! –els va prometre l'inspector Nadal.

En Lluc i la Virgi no es volien deixar convèncer. Volien anar amb els policies i assistir a l'alliberament d'en Pau, però l'inspector els ho va prohibir.

–El truc del missatge en el paper de caramel és francament bo –va dir l'ajudant de l'inspector, admirat.

L'inspector Nadal va trucar amb el seu mòbil per demanar un cotxe patrulla de reforç i un altre, que havia de portar la Virgi i en Lluc a casa. Quan en Nadal i el seu ajudant van haver marxat, els dos Tigres es van quedar plantats a la vorera. Però alguna cosa no va anar tal com estava previst, perquè no va aparèixer cap cotxe patrulla.

–Trucaré a casa. Diré als meus pares que

ens vinguin a buscar! –va dir la Virgi i va anar cap a una cabina.

En Lluc la va seguir caminant a poc a poc. No es treia els ninja del cap.

Qui eren? Qui s'amagava sota aquelles màscares? Qui hi havia dins aquells vestits de guerrers? Per què s'havien posat en acció justament aquella nit? Segur que l'endemà els diaris anirien plens de notícies i reportatges que parlarien de la nit dels ninja. I a la televisió hi hauria grans debats sobre si la ciutat era un lloc prou segur.

La cabina de telèfon que la Virgi havia trobat era de les velles i estava força bruta. En Lluc gairebé no veia la seva amiga de tants papers i anuncis que hi havia enganxats als vidres. Gent que buscava pis, que es venia una bicicleta o que tenia un animal de companyia que se li havia escapat, i també ofertes de treballs de jardineria a bon preu. Els anuncis estaven enganxats pertot arreu i de qualsevol manera, els uns damunt dels altres.

GOS PERDUT
NINJA
MOTO
VENDA
Flors
LLOGO CASA
PIS

La Virgi va esbufegar, neguitosa.

–Els meus pares comuniquen, no sé amb qui deuen estar parlant.

–Doncs, mira, aprofita-ho i marca aquest número –li va dir en Lluc mentre li dictava les xifres.

La Virgi va saber de seguida, per la veu, que en Lluc havia descobert alguna cosa important o estranya i va marcar el número que el Tigre li deia sense preguntar-li res. Es va establir la comunicació i el telèfon va sonar tres vegades.

–Qui s'hi ha posat? –va preguntar en Lluc, intrigat.

La Virgi va fer que no amb el cap.

–Ningú, és un contestador automàtic. Un moment...

–Però de qui? –va insistir en Lluc.

–Una empresa de seguretat! –li va dir la Virgi–. D'on l'has tret, aquest número?

Però en Lluc no l'escoltava. No parava de fregar-se la barbeta, tot neguitós.

–És molt estrany! –va murmurar–. Sospito que...

Pregunta per a tu

Quin número ha fet marcar a la Virgi, en Lluc?

Fora!

EN PAU ja sabia quina era la temperatura dins del refugi atòmic i, buscant amb les mans, havia descobert prop de la porta el teclat on havia d'introduir la xifra.

Però no gosava fer-ho, perquè no veia les tecles, només podia palpar-les. Potser si pitjava una tecla per una altra, la porta es bloquejaria durant un quant temps.

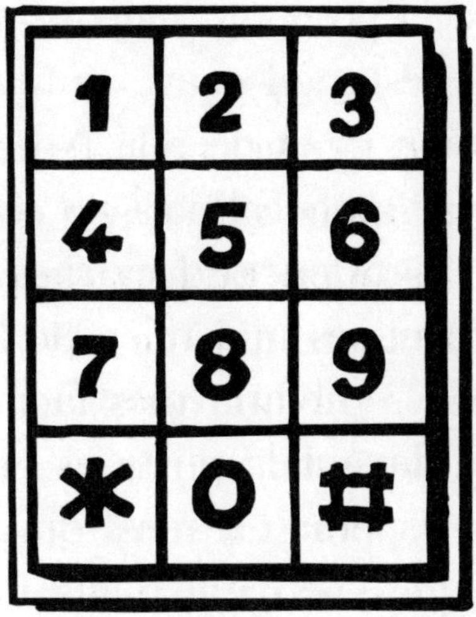

Sovint aquella mena de sistemes duien incorporat algun mecanisme que només permetia introduir el codi corresponent una sola vegada.

Llavors va sentir tot de soroll a fora, com si algú... En Pau es va esgarrifar. Els seus segrestadors estaven tapant l'accés amb terra i branques. La Virgi i en Lluc, en el supòsit que arribessin fins allà, no el trobarien mai.

Però si obria la porta, els ninja se n'adonarien i segur que no estarien gaire contents.

En Pau estava mort de por. No sabia què fer, volia pensar amb calma i no se'n sortia, no sabia per quina opció decidir-se.

Si almenys tingués una mica de llum allà dins! Tot li semblaria més fàcil.

El soroll de davant la porta es va aturar.

El Tigre va esperar tot tens, durant una bona estona, que l'activitat d'allà fora continués.

Però res no es va interrompre.

En Pau no s'acabava de decidir. Calia que s'esperés gaire més encara? No, ell volia sortir d'aquell lloc de seguida, volia sortir, sortir!

Va sentir veus molt a prop. Dos homes tenien una conversa.

–Cap, l'entrada ja està tapada! –va dir un.

La veu del cap era ronca.

–Ben fet. Deixarem el noi aquí una setmana. Després l'agafeu, el porteu ben lluny i el deixeu anar. Així ens assegurem que no pugui indicar aquest lloc a ningú.

–Ben pensat, cap.

–I si torneu a cometre un error com aquest, ja podeu córrer! Entesos?

–Sí... sí, cap –va respondre l'altre.

En Pau s'havia orientat dins del refugi i ja sabia d'on provenien les veus. Un tub de ventilació que donava a fora actuava com un altaveu.

Els dos homes devien ser davant mateix de l'obertura.

En Pau va continuar escoltant. Va sentir passes que s'allunyaven. Uns cotxes es van engegar i també es van allunyar. Després hi va haver silenci, un silenci absolut.

–Som-hi! Ha arribat el moment de sortir d'aquí! –es va dir mentre anava a les palpentes cap al teclat que hi havia al costat de la porta. La temperatura a l'interior del refugi atòmic era de vint-iquatre graus. Però quines tecles havia de pitjar?

Pregunta per a tu

Quines tecles ha de pitjar en Pau?

Alta seguretat

LA VIRGI no estava d'acord a fer el que en Lluc proposava.

–És una bajanada! –repetia la noia.

Però en Lluc insistia, tossut, en la seva idea. Corria amb la Virgi pels carrers en plena nit buscant una adreça molt concreta.

–Estic gairebé segur que no m'equivoco –insistia–. Si estem de sort potser fins i tot podrem fer alguna fotografia que ho demostri.

–Lluc, tot plegat és massa perillós! Els ninja encara tenen en Pau! –li va recordar la Virgi.

–Aniré amb compte. Només hi donaré una ullada, a aquesta empresa de seguretat. A aquesta hora no hi deu haver ningú! –va dir en Lluc per tranquil·litzar la Virgi.

Per fi van arribar al lloc que buscaven.

L'edifici era a les fosques, estava tot tancat i no es veia llum a cap finestra.

Els dos Tigres es van acostar a l'entrada; una gran porta de vidre i alumini que semblava treta d'una pel·lícula de l'espai.

En lletres enormes, gravades al vidre de l'aparador, hi deia: Alta Seguretat – Vigilem de veritat!

–Mira, allà al fons hi ha un llum encès –va dir, sorpresa, la Virgi.

Els dos nois van enganxar el nas a la porta de vidre. Quatre portes donaven a l'oficina gran, on hi havia uns quants escriptoris. Una de les portes només estava ajustada i deixava sortir un raig prim de llum. Els Tigres van veure una ombra que es movia dins el despatx; per tant, hi havia algú.

–Em penso que –va xiuxiuejar en Lluc– tot el que han fet els ninja aquesta nit és una campanya per espantar la gent. M'hi jugo el que vulguis que demà aquesta empresa de seguretat oferirà els seus serveis per tot arreu i molts propietaris de centres comercials i de cinemes els contractaran, perquè no voldran que els tornin a destrossar els locals. A canvi, els ninja s'han apoderat d'un bon botí, una mena de recompensa per la seva actuació.

–No hi havia una escola de ninja temps enrere en aquest local? –va murmurar la Virgi.

En Lluc va fer que sí.

–El número de telèfon és el mateix. L'empresa ha canviat d'activitat, però els amos també deuen ser els mateixos. És impossible que es tracti d'una casualitat. No m'estranyaria que el propietari de l'antiga escola ninja fos el director d'aquesta empresa de seguretat. L'escola ninja fa temps que va tancar. Si no hagués estat per l'anunci vell que encara estava enganxat a la cabina de telèfon, ningú no hauria pogut establir mai cap relació entre totes dues empreses.

–Hauríem de dir-ho de seguida a l'inspector Nadal! –va exclamar la Virgi–. És molt probable que en aquests moments, el cap de la banda sigui aquí, al despatx.

En Lluc va fer que sí.

–Vaig a buscar una cabina! –va xiuxiuejar la Virgi. Però en Lluc la va aturar.

–No cal, tinc el meu mòbil! Sort que abans no me n'he recordat i has anat a la cabina! Si no, mai no hauríem descobert la relació entre aquesta empresa de seguretat i els ninja –va dir el noi mentre el treia de la bossa.

Va marcar el número de la policia i va donar l'adreça a l'agent que el va atendre.

–Si us plau, localitzi immediatament l'inspector Nadal! –va insistir en Lluc.

El llum del despatx es va apagar. Per una porta lateral, algú va sortir de l'edifici. Eren un home alt i una dona jove.

L'home havia passat el braç per l'espatlla de la dona i li feia petons al coll. La dona reia i, tot i que era negra nit, duia ulleres de sol.

La Virgi es va quedar de pedra. Havia reconegut la dona.

Pregunta per a tu

Qui és la dona?

La fugida

EN PAU va teclejar la xifra i es va llançar amb totes les seves forces contra la porta de la seva presó. Després d'un parell d'intents, va aconseguir apartar la terra i les branques i obrir prou la porta per poder sortir. Va respirar fondo quan va ser fora, enmig de la nit glaçada.

Tornava a ser lliure!

El primer que havia de fer era allunyar-se d'aquell turó i mirar de tornar a la ciutat! El Tigre estava esgotat, però estava disposat a emprendre aquella llarga caminada. Potser podria telefonar pel camí. La lluna només estava en quart creixent i no feia gaire claror. Els ulls del noi es van haver d'acostumar a la foscor abans no es va poder orientar una mica.

El Tigre es va obrir pas entre els matolls que amagaven el refugi atòmic. A una vintena de passes va trobar una pista en molt mal estat.

–Aquesta pista està tan malament que no hi deu venir mai ningú, per aquí. El refugi està realment ben amagat –va comentar en veu alta.

Va decidir seguir aquell camí, turó avall.

No havia avançat gaire quan, de sobte, va sentir un soroll molt a prop.

Va girar el cap i va veure la camioneta. Dos homes vestits de ninja hi carregaven una caixa plena de jaquetes i pantalons negres.

–Ho tenim tot? –va preguntar un. En Pau va reconèixer la veu de l'home que més havia parlat amb ell.

–Donaré una darrera ullada! –va contestar l'altre.

–El cap ha insistit molt que no deixéssim cap rastre, per petit que fos.

El ninja es va girar i per un instant ell i en Pau es van mirar als ulls.

–Ei! El nano s'ha escapat! –va exclamar l'home.

El seu còmplice va adoptar a l'acte la posició de lluita. Va llançar el típic crit i va fer un salt en direcció a en Pau.

En aquesta ocasió, el Tigre va reaccionar de seguida i va arrencar a córrer com un esperitat. Fins i tot li semblava que no tocava a terra amb els peus.

Els ninja el seguien. Eren gent molt ben entrenada i guanyaven terreny a gran velocitat. A més, eren conscients de tot el que hi havia en joc si en Pau aconseguia fugir.

El Tigre els duia avantatge, tot i que la distància era cada cop més curta. Els pulmons li cremaven i notava una punxada al costat, cosa que no li passava mai quan participava en alguna cursa.

Però aquesta vegada, la por jugava contra ell.

–L'atraparem! –va sentir que deia la veu de dibuixos animats.

En Pau sabia que el ninja tenia raó. L'atraparien. Què li farien? Quines mesures prendrien aquells delinqüents amb un noi que se'ls havia escapat fins i tot d'un refugi atòmic tan segur?

La por no donava ales a en Pau, més aviat el paralitzava. Les passes dels seus

perseguidors li sonaven a l'orella com trets de pistola. Què podia fer? Hi havia cap manera d'aturar els ninja?

A més, ell havia de córrer només amb una sabata, i per tant, encara li costava més. Va estar a punt de perdre l'equilibri en agafar un revolt tancat. Sort en va tenir,

perquè gràcies a això se li va acudir com aturar els seus perseguidors, si més no durant uns instants.

Pregunta per a tu

Què farà en Pau?

Pels pèls

AL CARRER, davant de l'empresa de seguretat, l'ensurt havia estat igual de gran per totes dues bandes. La Clara sabia perfectament que la Virgi l'havia reconeguda i la Virgi no es podia creure què feia la Clara.

En Lluc es va adonar del perill que corrien i sense moure els llavis va murmurar:

–Fugim ara mateix!

Els dos Tigres van arrencar a córrer. El cap de l'empresa de seguretat es va posar a perseguir-los. Sabia que ho tindria molt negre si la Penya dels Tigres xerrava tot el que hi havia darrere el suposat «segrest».

En Pau tremolava de cap a peus. Funcionaria el seu pla? Ja tenia els ninja al damunt. Ells també van relliscar amb les pedretes i la sorra del revolt.

En aquell moment, el Tigre va estirar fort l'extrem de la cadena, que servia per tallar el pas del camí forestal en determinades ocasions. Els ninja no van poder frenar a temps, s'hi van entrebancar i van caure.

En Pau va deixar anar la cadena i va continuar corrent. Però la seva idea no havia estat gaire bona. Un dels homes havia sabut caure i rodar per terra amb agilitat, i va reprendre de seguida la persecució.

El Tigre va mirar per damunt de l'espatlla i es va esgarrifar. El ninja estava a punt d'atrapar-lo.

Justament aleshores van aparèixer dos llums molt potents en la foscor i va sonar la sirena del cotxe de policia.

El ninja va frenar en sec, va relliscar i va caure pel talús que hi havia al costat del camí per on pujava el cotxe.

En Pau, amb les darreres forces, va

llançar-se cap al vehicle, va obrir la porta del darrere i es va deixar caure al seient.

–Porti'm a casa! –va aconseguir dir.

Un cotxe patrulla també va ser la salvació de la Virgi i d'en Lluc. Així que

l'home de l'empresa de seguretat el va veure, va girar cua immediatament. Però ja era massa tard. Els agents el van atrapar i el van detenir. L'endemà la fotografia de la Penya dels Tigres sortia a tots els diaris. Els tractaven com a grans estrelles. De fet, havien estat ells qui havien proporcionat a la policia les dades decisives per poder detenir el cap de la banda dels ninja.

–Tenies raó –va dir la Virgi a en Lluc amb admiració, mentre es menjava una altra galeta d'avellanes–. El propietari de l'empresa de seguretat volia fer una gran campanya per promocionar el seu negoci i per això s'havia empescat aquell espectacle amb els ninja.

–Tots eren antics alumnes de l'escola ninja i a més tenien alguna història pendent amb la justícia –va continuar en Pau–. El que arrepleguessin a les botigues s'ho podien quedar. Els vestits de ninja els havien de dur a una empresa de la competència per tal que les sospites l'assenyalessin.

La Virgi no podia entendre quin era l'objectiu de la Clara i la Lluïsa.

–L'home de l'empresa de seguretat està embolicat amb la Clara, per això va col·laborar amb les germanes, que volien simular el seu propi segrest per apoderar-se dels diners dels seus pares.

–Ostres! –va exclamar en Pau, que acabava de recordar una cosa–. Abans no se m'enduguessin a mi i tot, em va sorprendre que les noies suposadament segrestades xerressin i fessin broma amb els ninja. Ara ho entenc tot!

En Lluc va somriure a la Virgi amb malícia.

–Mira que t'ho hem arribat a dir vegades, que no et fiessis de la Lluïsa, però no ens vas voler fer cas.

–Sort que no us en vaig fer, perquè llavors ens hauríem perdut aquest cas tan emocionant –va replicar la Virgi.

–El problema és que el propietari de l'empresa de seguretat ho nega tot i encara no s'ha pogut demostrar que estigués ficat en tot aquest embolic.

–Si va ser ell qui va trucar a casa els pares de la Lluïsa per reclamar el rescat, es podria demostrar de seguida –va dir en Lluc.

–És impossible! El segrestador utilitzava un distorsionador de veu! –va replicar la Virgi.

–Això tant se val! –va dir en Lluc–. De fet és irrellevant!

Pregunta per a tu

De veritat es pot desemmascarar algú que parla per telèfon amb la veu distorsionada?

La Virgi va quedar tan bocabadada quan va sentir l'explicació, que ja no va fer cap més comentari.

La nit dels ninja havia estat, de bon tros, el cas que la Penya dels Tigres havia resolt en menys temps.

–Potser el proper cas serà el més difícil de tots! –va dir en Pau.

–Ja ho veurem! –van exclamar en Lluc i la Virgi. D'una cosa sí que n'estaven segurs; continuaven fidels al seu lema:

Som els Tigres,
som genials!
Podem resoldre
qualsevol cas!

Fitxa del cas

La nit dels ninja

El quart membre de la Penya dels Tigres

(posa-hi el teu nom)

ha resolt aquest cas...

no — una mica — passablement — bé — molt bé — de primera

Lluc Virgi Pau

Nom: Thomas Brezina

Edat: 32

El meu fort: m'agrada molt escriure històries interessants i divertides que m'hauria agradat llegir de petit. Ja he escrit més de cent llibres. Sóc el presentador d'un programa de preguntes i respostes a la televisió i del joc d'investigació policíaca *La bona pista*.

El meu problema més gran: no tinc paciència, sóc molt desordenat i a vegades, quan m'estic inventant les meves històries, als meus amics els sembla que estic una mica trastocat.

Trobo fantàstic: els aparells electrònics curiosos i els ordinadors, el meu gos Putzi (que sembla un plomall amb potes), l'estiu i la llum del sol, els musicals i les pel·lícules.

Tret identificatiu: col·lecciono rellotges bojos. En tinc un, per exemple, que va cap enrere.

Web: www.thomasbrezina.com

Vols ajudar la **PENYA DELS TIGRES** a resoldre casos de misteri?

Un cas per a tu ...i la Penya dels Tigres

1 El Temple del Tro
2 El misteri de l'hípica
3 L'avió fantasma
4 Els robots cavallers
5 La Costa dels Esquelets
6 La maledicció del faraó
7 L'helicòpter del malson
8 Monstres invisibles
9 El vapor del Mississipí
10 El safari dels monstres
11 La góndola misteriosa
12 El casc de la calavera
13 Els Pantans Embruixats
14 Una mòmia al volant
15 La mà del monstre
16 La masmorra oblidada
17 Pirates extraterrestres
18 L'ull de foc
19 El cowboy sense cara
20 El misteri del casalot abandonat
21 El fantasma del camp de futbol
22 La màscara misteriosa
23 La muntanya maleïda
24 La nit dels ninja
25 Els pirates d'internet
26 El cementiri dels dinosaures

I no t'oblidis del **SUPERCÀS** de la Penya dels Tigres

1 Verí a l'escola
2 L'illa de les serps

MANUAL
DE DETECTIU

EL CAU DE LA POR

1 Terror a Can Bramderroc
2 L'home dels ulls de gel
3 La bèstia invisible
4 L'esperit de la jungla
5 El taüt del vampir
6 El retorn del Titanic
7 L'Illa Deserta
8 L'últim home llop
9 El misteri del soterrani
10 La nit de les mòmies